Ralf Neubohn

Merlin und die mysteriösen Morde auf dem Ponyhof

Ein Merlin- und Elfen-Krimi mit großer Schrift

Ralf Neubohn

Merlin und die mysteriösen Morde auf dem Ponyhof

Ein Merlin- und Elfen-Krimi mit großer Schrift

Bibliografische Information der Deutschen Nationalbibliothek
Die Deutsche Nationalbibliothek verzeichnet diese Publikation
in der Deutschen Nationalbibliografie;
detaillierte bibliografische Daten sind im Internet
über www.dnb.de abrufbar.

Herstellung und Verlag: BoD – Books on Demand, Norderstedt

ISBN: 978-3-7526-4278-0

Dieses Buch ist allen Elfen und Feen gewidmet.

Inhalt

Vorwort

Auf Schloss Camelot bricht die Magieversorgung vollkommen zusammen. Zufall? Eine Verschwörung finsterer
Mächte? Können der Zauberer Merlin, seine Tochter und
die zu Besuch weilende Elfe das Böse stoppen? Was steckt
hinter den Morden an den Bewohnern Camelots? Im 2.
Band der Fantasy-Krimi Reihe schlagen zwei mysteriöse
Mörder erbarmungslos zu. Nicht nur auf Camelot selber,
sondern auch auf einem benachbarten Ponyhof.

Merlins 1. Fall:

Der Ponyhof

Merlin galt nicht nur als mächtigster Zauberer aller Zeiten, sondern auch als Pionier in vielen anderen Bereichen. Da er häufig durch die Landschaft bei Camelot wanderte, bekam der Zauberer viel von den Sorgen der Landbevölkerung mit. So auch deren Probleme mit großen Pferden die oft sehr schmalen Klippenpfade an der Küste zu bereisen oder mit den großen Pferden durch den sehr dichten Wald zu kommen. Lange dachte Merlin darüber nach. Die Pfade bei den Klippen verbreitern? Das dauerte viel zu lange und war auch zu teuer. Aber was dann? Da kam ihm ein Magieblitz, äh, Geistesblitz. Er machte dem örtlichen Pferdehofbesitzer klar, wie viel Geld es für diesen zu verdienen gab, wenn er auf seinem Hof viel kleinere Pferde züchten würde. Also Ponys. Zuerst wollte sich der Pferdehofbesitzer auf solche neumodischen Sachen nicht einlassen, doch ein paar Goldstücke in seine Hand gedrückt überzeugten ihn davon, mit der Zeit zu gehen. So wurde aus dem Pferdehof mit der Zeit ein guter besuchter Ponyhof, dessen Tiere ihm förmlich aus der Hand gerissen wurden. Karl, der Knecht, und Maria, die Magd, kamen mit der Arbeit gar nicht mehr nach. Knurr Knut und Melli Melissa mussten noch zusätzlich als Aushilfen eingestellt werden. Diese erwiesen sich als wahre Perlen, da sie auf verschiedene Art auch mit den bockigsten Tieren zurechtkamen. Alles lief hervorragend bis…

Der Schock

Bauern, die sich über diese neumodischen Tiere informieren wollten, fanden die Frau des Hofbesitzers ermordet im Ponystall. Auf ihrem Bauch lagen Getreideähren. Was sollte das bedeuten? Der örtliche Dorfsheriff konnte aus der geheimnisvollen Tat nicht schlau werden. Zu seinem Glück eilte Merlin an den Ort des Schreckens, um die Ermittlungen zu übernehmen. Beging die Tat ein überarbeiteter Hofbewohner aus Rache? Oder wollte der Hofbesitzer eine andere Frau heiraten? Vielleicht gab es noch ganz andere Gründe? Aber welche? Morde gab es in dieser Gegend häufiger, doch nicht derart seltsame. Wer erstach die Hofbesitzerin? Würde dieses Geheimnis je geklärt werden?

Verhöre

Merlin verhörte alle Hofbewohner, versuchte ihre Alibis zu knacken. Nur besaß niemand auch nur annähernd etwas, das sich Alibi nennen konnte. Jeder ging seiner Arbeit nach, ohne auf die Zeit zu achten. In uhrenlosen Zeiten wusste fast niemand, was die Glocke geschlagen hatte. Zumal es auf den Landhöfen noch nicht einmal Glocken gab.

Merlin wollte den Fall aus zwei Gründen schnell lösen: Einerseits um weiteren Schaden vom Ponyhof abzuwenden. Andererseits kam seine junge Tochter bald von einem längeren Besuch bei einer Freundin zurück. Und sie sollte nicht gleich mit so einem grausigen Ereignis konfrontiert werden.

Welches Motiv lag dem Mord zugrunde? Ein Eifersuchtsdrama? Ging die Frau des Hofbesitzers mit einem der Knechte? Wollten andere Bauern dem erfolgreichen Hof schaden? Schade, dass die Tatwaffe nicht am Tatort zurückgelassen wurde. Denn dann wäre der Fall durch den magischen Fingerabdruck leicht zu lösen gewesen.

Weitere Verhöre

Tagelang verhörte Merlin die Leute vom Hof und alle Bauern aus der Umgebung. Melli Melissa fiel dabei mehrfach in Ohnmacht. Doch Merlin fand den Grund dafür nicht heraus. Zart besaitet? Schlechtes Gewissen? Gar ein Schuldgefühl? Oder nur Wichtigtuerei? Knurr Knut gab sich dagegen von seiner raubeinigsten Seite. Auch hier blieb der dafür Grund offen. Verdruss durch die vielen Verhöre? Angst als Mörder entlarvt zu werden? Ähnlich verliefen die Befragungen von Karl, Maria und dem Hofbesitzer.

Merlin führte diese pflichtgemäßen Untersuchungen fort, ohne sich eigentlich etwas davon zu versprechen. Egal welches Motiv der Zauberer im Geist durchspielte, nichts passte zu den Getreideähren auf der Leiche und auf die merkwürdige Form der Stichwunde. „Da steckt etwas ganz anderes dahinter", murmelte Merlin vor sich hin. Aber was? Hatte vielleicht einer der Gehilfen den Hofbesitzer bestohlen und wurde von dessen Frau erwischt? Knurr Knut wäre eine solche gewalttätige Beseitigung einer Zeugin zuzutrauen.

Oh, weh!

Merlin beschloss Knurr Knut stärker als bisher auf den hohlen Zahn zu fühlen. Zweifellos lag von allen Hofbewohnern ihm Gewalt am meisten im Blut. Bei seinem aufbrausenden Temperament konnte im Affekt schnell eine unüberlegte Tat geschehen.

Doch Knut entzog sich den Ermittlungen durch Flucht. Nirgends eine Spur von ihm zu finden. Vermutlich flüchtete er durch die dichten Wälder, welche rund um den Hof lagen. Eine Suche in diesem Dickicht machte keinerlei Sinn.

Versonnen überlegte Merlin: „Eigentlich schade. Wir kennen zwar den Täter, aber nicht sein Motiv. Und was mich noch mehr wurmt: Ich werde nie erfahren, warum die Getreideähren auf der Leiche lagen! Was Knut damit wohl bezweckte?"

Merlin packte seine Sachen für die Heimreise, als wildes Geschrei ihn auffahren ließ. Offensichtlich hatte Knut vor seiner Flucht nochmals zugeschlagen. Welches Opfer lag nun tot auf dem Boden? Karl, Maria, Melli oder der Hofbesitzer?

Neue Getreideähren

Merlin lief dem Lärm des hysterischen Geschreies nach. Im Bett von Melli Melissa lag der erstochene Knut, mit Getreideähren auf dem nackten Körper. Die ebenfalls nackte Melli schrie sich von der Tür des Waschraumes aus fast zu Tode. Das Bild sprach für sich, es bedurfte keiner weiteren Erklärung. Auch das offene Fenster, an dem Erdspuren ins Auge fielen, sprach für sich. Merlin beruhigte Melli und die anderen Hofbewohner, während es ihm gleichzeitig durch den Kopf ging: *„Welch ein verwegener Mut! Wäre Melli früher aus dem Waschraum gekommen, hätte sie den Täter auf frischer Tat ertappt! Woher er wohl wusste, dass Knut sich bei Melli versteckte? Aber ich muss jetzt das Zimmer durchsuchen, vielleicht vergaß der Täter bei seiner eiligen Flucht ein Beweisstück! Denn viel Zeit blieb ihm ja wohl nicht. Warum wohl Knut sich dort überhaupt versteckte? Ein schlechtes Gewissen oder Angst fälschlicherweise verhaftet zu werden? Schwer herauszufinden. Vermutlich letzteres. Nanu? Ist da nicht gerade eine Elfe am Fenster gewesen? Nein! Die Nerven müssen mir einen Streich gespielt haben. Was soll auch eine Elfe mit den Morden zu tun haben?*

Der magische Fingerabdruck

Der Mörder ließ neben der Leiche seine sehr eigenartige Stichwaffe liegen. Diese sah nicht wie ein gewöhnliches Messer aus. Es besaß eine ganz merkwürdige Form und allerlei Verzierungen. Zweifellos ein wertvolles Objekt. Das machte die Sache noch geheimnisvoller. Wer hier in der Gegend besaß genug Geld, um solch ein Luxusgut zu kaufen? Nur sehr wenige, äußerst teure Schmiede stellten so etwas her. Doch Merlin unterbrach diese Gedanken. Da endlich die Tatwaffe vor ihm lag, war es möglich, den magischen Fingerabdruck des Täters zu beschwören. Merlin murmelte die notwendigen Formeln, doch anstatt des Gesichts des Mörders erschien ein Pferdekopf. „Ein Pferd?", rief er verblüfft. „Kein Pferd kann mit einem Messer zustechen! Das ist unmöglich! Ist der magische Fingerabdruck vielleicht gefälscht?" Vorsichtshalber ließ Merlin einen Magiescanner drüber laufen. Doch der Fingerabdruck bekam das Echtheitszertifikat. Der Mörder besaß einen Pferdekopf, unmöglich! Oder doch nicht?

Der überraschende Tod

An einem Bach kühlte Merlin seinen vom Denken heiß gelaufenen Kopf. Noch immer durchdachte er es vergeblich: „Beim magischen Fingerabdruck erscheint immer das Gesicht des Täters oder Auftraggebers über der Tatwaffe. Ein absolut anerkannter Beweis. Aber kein Pferd kann mit einem Messer einen Mord begehen oder auch nur in Auftrag geben. Unmöglich!"

Während der Zauberer so gedankenverloren dastand, näherte sich ihm von hinten der Mörder mit einer Axt, die wie das Messer bei rituellen Tötungen verwendet wurde. Der Täter hob die Axt zum tödlichen Schlag gegen sein ahnungsloses Opfer! Der arme Merlin! Doch mit einem Schrei brach der Mörder selbst tot zusammen. Rätselhaft! Merlin drehte sich überrascht um und sah eine Waldelfe, die seinem Feind ihren Zauberstab tief ins Ohr gestoßen hatte. Merlin erbleichte: *„Gerade nochmal Glück gehabt"*, dachte er.

Der Feind

Der Mörder hatte tatsächlich einen Pferdekopf. Einen echten, oder einen übergestülpten. Merlin sprach erleichtert zur Waldelfe: „Danke, Du hast mir das Leben gerettet! Woher wusstest Du, wer der Täter ist?"

Die Waldelfe antwortete: „Eine Verwandte von mir ist die bekannte Detektivin Shirly Sherlocklinchen. Als bei uns hier die Morde losgingen, wollte ich mal ausprobieren, ob ich auch als Detektivin so gut bin, wie sie."

„Du bist es!", rief Merlin begeistert: „Aber wie hast Du denn nun den Täter erraten?"

„Nun", meinte die Waldelfe. „Ganz einfach. Irgendwelche Mitarbeiter vom Hof kamen für mich nicht in Frage. Im Falle von Meinungsverschiedenheiten hätten sie ja einfach woanders arbeiten gehen können. Bauern aus der Umgebung habe ich auch nie verdächtigt. Denn die Ponys vom Hof sind ihnen ja nützlich. Davon abgesehen stand es ihnen ja frei, selber welche zu züchten. Die Frage lautete also: Mordet jemand aus persönlichen Gründen oder aus Hass gegen den Hof?"

Des Rätsels Lösung

Gebannt lauschte Merlin dieser gelassen vorgetragenen Erklärung. „Für mich lag es auf der Hand, dass nur Hass gegen den Hof als Motiv in Frage kam. Aber wer sollte so einen großen Hass haben, dass er dadurch zum Mörder wurde? Mir schwebte schon bald vor, wer es sein musste. Und als ich durchs Fenster das Messer neben der Leiche von Knut sah, stand es fest. Es ist das rituelle Tötungsmesser des Priesters des Pferdegottes. Und zweifellos begrüßte dieser Priester es nicht, dass nun viel kleinere Pferde gezüchtet wurden, statt wie bisher kraftvolle, große. Die Ponys mussten in seinen Augen eine ketzerische Sünde sein. Als mir das als Motiv einleuchtete, verfolgte ich ihn, um den Priester auf frischer Tat zu ertappen."

Merlin atmete erleichtert auf. Wie die Waldelfe verzichtete er lieber darauf nachzusehen, ob der Priester des Pferdegottes nur einen Pferdekopf übergestülpt trug oder wirklich einen hatte. Es gibt Dinge im Leben, die niemand zu genau wissen will. Darum hüllen auch wir darüber den Mantel des Schweigens.

Erleichterung

Merlin atmete auf: Bevor seine Tochter Mandy zusammen mit ihrer Schulfreundin nach Camelot kam, hatte er den Fall geklärt. So blieb es seiner Tochter erspart, etwas über einen ungeklärten Mord auf ihrem Lieblingstierhof zu hören. Davon abgesehen: Was hätte die Schulfreundin über die eigentlich liebliche Gegend gedacht, wenn sie gleich nach ihrer Ankunft mit einem Mord konfrontiert worden wäre? *„Nochmal Glück gehabt"*, dachte Merlin. Denn er legte stets viel wert darauf, dass Camelot als idyllischer Ort galt. Das zog Besucher an!

Merlins 2. Fall:

Der Magieausfall

Mandy Merlin lief mit ihrer Freundin Shirly Sherlock-linchen durch das nächtliche Camelot. Dieser „Gruselspaziergang" jagte der zu Besuch weilenden jungen Elfe etliche Schauer über den Rücken. Die nur von wenigen Fackeln beleuchteten Korridore hallten bei ihren Schritten stark. Die Elfe versuchte einen Lichtzauber. Nichts geschah! Auch zwei weitere Versuche dieses relativ einfachen Zaubers scheiterten.

Merlins Tochter Mandy sprach zu ihrer Freundin: „Na? Heute nicht in Form?", und startete selbst einen Lichtzauber, aber auch jetzt blieben die Gänge so schwach beleuchtet wie bisher. So etwas gab es noch nie auf Camelot. Selbst so junge und deshalb nur schwach magische Wesen wie die beiden, beherrschten den Lichtzauber seit dem magischen Kindergarten.

„Sehr seltsam", flüsterte die Elfe schüchtern. „Es erinnert mich sehr daran, als bei uns im Wald mal die Magie ausfiel. Wie Du weißt, steckten einige Morde dahinter."

„Hoffentlich nicht jetzt auch wieder", wisperte Mandy ängstlich. „Ich las Deinen Fantasy-Krimi über die damaligen Morde zwar sehr gern, aber hier im Schloss will ich die Fortsetzung nicht erleben. Wer weiß, wen wir sonst betrauern müssen!"

Der magische Kurzschluss

Am nächsten Tag versuchte Mandys Vater vergeblich den magischen Kurzschluss zu reparieren. Aber im ganzen Schloss funktionierte die Magie nicht mehr. Merlin erklärte den beiden Mädchen: „Starke magische Kräfte müssen auf unser Zauberschloss geprallt sein. So dass es bei diesem Zusammenstoß zu einem langen Magieausfall durch Kurzschluss kam. Wessen Kräfte es auch immer waren, er steht nun genauso hilflos da wie wir."

Mandy meinte: „Hoffentlich nutzt dies nicht der fiese Ritter aus, der schon lange Camelot belagert! Von den im Wald lebenden Hexen und Drachen ganz zu schweigen! Wenn die merken, dass wir hilflos sind, haben wir gegen die alle zusammen nicht die geringste Chance!"

Shirly schluckte. Offensichtlich kam sie zu einem besonders ungünstigen Zeitpunkt zu Besuch. Andererseits lag der Vorteil auf der Hand, sie konnte nun die Fortsetzung ihres ersten Fantasy-Krimis schreiben. Sofern Shirly lebend wieder nach Hause kam!

Sorgen

Tagelang konnte der magische Kurzschluss auf Camelot nicht behoben werden. Ein beängstigendes Gefühl der Hilflosigkeit überkam alle. Aber noch mehr das drohender Gefahr. Welches magische Wesen löste den Kurzschluss aus? Von wem ging die Bedrohung aus? Doch gab es noch mehr zu bedenken: Fiel nur in unmittelbarer Nähe die Magie aus? Oder auch in den etwas entfernteren Wäldern? Denn dort lebten zahlreiche böse Wesen, und wenn die nicht ebenfalls ihre Magie verloren, stand die Lage sehr schlecht. Ganz abgesehen von den räuberischen Rittern in der Nähe, die schon lange über Camelot herfallen wollten. Bisher gelang es Merlin mit seiner Zauberkraft jeden Angriff zurückzuschlagen. Doch wenn gerade jetzt wieder ein Angriff stattfand, würde die schwache Besatzung Camelots nicht standhalten können. Derzeit befanden sich leider die meisten Ritter auf der Suche nach dem Heiligen Gral. Merlin runzelte besorgt die Stirn: Alle diese Probleme quälten ihn. Aber hauptsächlich die Frage: Durch wen gab es den magischen Kurzschluss? Wer war die noch unbekannte zusätzliche Gefahr?

Möglichkeiten

Wie beim Schach mussten König und Königin vor der geheimnisvollen Gefahr beschützt werden. Merlin erbleichte, als ihm noch eine schrecklichere Idee kam: Sollte sich das mysteriöse Wesen mit den anderen Feinden Camelots verbünden, bestand überhaupt keine Möglichkeit auf Rettung oder Flucht mehr. Dass gerade in dieser Notlage die Elfe Shirly zu Besuch weilte, bedrückte Merlin noch mehr. So jung, unerfahren und schon in großer Todesgefahr. Das arme Mädchen! Warum kam die magische Kraft nicht mehr zustande? Offensichtlich neutralisierte die Gefahr von draußen die Kraft der Schlossbewohner völlig. Dadurch konnte sich Shirly auch nicht zurück ins Feenreich zaubern. Merlin lief nachdenklich durchs Schloss, vorbei an ahnungslosen Wachen. *„Wenn die wüssten..."*, dachte er.

Der Mörder schlägt zu

Die beiden Mädchen verspürten trotz allem großen Hunger. Vielleicht sogar deswegen, weil die Angst viel Energie verbrauchte. Sie beschlossen der Küche einen Besuch abzustatten und wie schon so oft etwas Leckeres zu stibitzen. Ihre Technik des Mundraubes erreichte stets höchste Perfektion. Eine von ihnen plauderte mädchenhaft mit dem Koch, die andere ließ gleichzeitig leckeres Essen unter dem Gewand verschwinden. Heiter angeregt eilten die beiden Richtung Küche. Was es heute wohl gab? Leider nur einen Schock. Über dem Grillfeuer briet an einem Spieß mit Apfel im Mund der arme Koch. Wer hatte ihn ermordet? Wie kam der Täter ins Schloss? Warum fiel ihm ausgerechnet der Koch zum Opfer? Fragen über Fragen, auf die es keine Antwort gab.

Rätsel

Die herbei geeilten Wachen suchten vergeblich nach Spuren. Selbst der weise Merlin entdeckte nicht den leisesten Hinweis auf den Täter. Shirly ging es durch den Kopf: *„Zum Glück ist der Troll nicht da. Er würde vom gebratenen Koch etwas naschen wollen."* Lag hier vielleicht des Rätsels Lösung? Wollte sich der geheimnisvolle Täter nur einen Menschen-Snack zubereiten? Doch warum aß er diesen dann nicht? Störte ihn eine Wache? Wenn ja: Weshalb schlug die Wache keinen Alarm? Höchst rätselhaft!

Mandy Merlins Gedanken liefen in andere Bahnen: *„In Krimis von einem Mord zu lesen ist doch etwas ganz anderes, als einen selber zu erleben. Ich glaube, ich lese künftig nur noch Liebesromane. Eine Liebesromanze zu erleben macht vermutlich mehr Spaß, als in einen Mordfall verwickelt zu sein. Oder doch nicht? Schließlich setzt die Liebe ja auch vielen Menschen arg zu."*

Geruch

Ein merkwürdiger Geruch belästigte die aufgeregten Menschen in der Küche immer mehr. Von wo kam er bloß? Was roch so seltsam?

Eine ausgiebige Suche zeigte bald Erfolg: Im Backofen brutzelte der Hofbäcker inmitten eines riesigen Kuchens vor sich hin.

Er selbst hielt sich ja immer für sehr süß, vielleicht also ein passender Tod? Doch diese zweite Leiche brachte noch größere Rätsel mit sich. Wie gelang es dem Täter, zwei so kräftige Männer gleichzeitig zu überwältigen, ohne dass diese sich wehrten oder nach Hilfe riefen? Einfach unvorstellbar! Denn in der Nähe der Küche lungerten immer besonders viele hungrige Ritter ZUFÄLLIG herum! Doch niemand hörte etwas von dem riesigen Lärm, den es in der Küche gegeben haben musste. Unfassbar! Shirly überlegte ironisch: *„Der Troll hätte sicherlich vermutet, dass der Bäcker den Koch auf den Bratspieß band und anschließend Selbstmord verübte, in dem er sich selbst mit dem Kuchen in den Backofen schob."*

Der nächste Tote

Als Merlin nachts müde ins Bett wanken wollte, stolperte er wie schon so oft über das Bärenfell vor seinem Bett. Doch wie Merlin leider spüren musste, lag dort ersatzweise die Leiche eines Ritters! Kein Wunder schmerzte dem Zauberer der Fuß! An einer Rüstung schlug man sich den Fuß doch noch ganz anders an, als an einem weichen Tierfell. Nun, zum Glück trat er nicht auf den Morgenstern, mit dessen Kette der helmlose Ritter erdrosselt wurde. Doch die neue Tat bewies eines: Der Mörder befand sich noch immer im Schloss. Wo verbarg sich wohl der geheimnisvolle Schuft? In einem derartig großen Schloss eine gründliche Durchsuchung zu starten, würde Tage dauern. Zumal, die meisten Ritter ja auf der Suche nach dem Gral in der Welt umher reisten. Für die Durchsuchung des Schlosses standen deshalb nur wenige Wachen zur Verfügung. Machte es mit so wenigen Leuten überhaupt Sinn? Was sonst tun?

Untersuchungen

Der König leitete persönlich die Ermittlungen, von denen Merlin sich wenig versprach. Diese schematischen Verfahren erwiesen sich bei den üblichen Verbrechen als nützlich z.B. Mord aus Eifersucht. Doch hier ging es um ein viel ausgefalleneres Motiv, welches erst entdeckt werden musste. Der Grund dieser Morde lag völlig rätselhaft im Dunklen. Und bevor er nicht gefunden wurde, verlief die Suche nach dem Täter im Nichts. Die beiden Mädchen grübelten gleichzeitig darüber nach. Vor allem über die Frage: Standen der Magieverlust und die Morde in einem Zusammenhang oder lag hier reiner Zufall vor? Was sollten die vielen Toten bezwecken? Sie hatten überhaupt nichts Gemeinsames an sich.

Mörderisches Frühstück

Die Mädchen frühstückten genüsslich in ihrem Zimmer. Dabei besprachen sie die möglichen Motive. Eines hörte sich unwahrscheinlicher an, als das nächste. War der Täter überhaupt jemand, der sich von draußen einschlich? Diese Frage ließ die beiden erbleichen. Denn eigentlich lautete sie anders formuliert: War der Täter jemand von uns? Und wenn ja: Wer?

„Der Diener braucht heute aber lange, um das Frühstücksgeschirr wieder abzuholen", beschwerte sich Mandy. Sie eilte in den Flur, um ihn zu rufen. Völlig ruhig stand Merlins Tochter in der Tür.

Shirly erkundigte sich besorgt: „Warum rufst Du den faulen Diener nicht?"

Mandy flüsterte: „Weil er schon da ist. Er liegt mit dem Frühstückstablett erschlagen vor der Tür."

„Fein!", freute sich Shirly. „Dann haben zumindest wir beide ein Alibi! Jetzt müssen wir nur noch die Alibis der anderen prüfen, statt vergeblich über das geheimnisvolle Motiv zu grübeln. Denn das viele Überlegen brachte ja bisher gar nichts."

Alibis

Sie beschlossen die Ermittlungen von den Kerkern bis hinauf auf den Wachturm zu führen. Stockwerk für Stockwerk also.

Doch gleich bei den Kerkern stießen die beiden auf das erste Problem. Der Kerkermeister war nirgends zu finden.
„So eine Pflichtvergessenheit!", empörte sich Mandy.
„Ich fürchte, es hat einen anderen Grund", flüsterte Shirly leise.
Sie behielt leider Recht. Völlig verhungert fanden sie den Kerkermeister im tiefsten Verlies.
„Ich befürchte, von dem bekommen wir keine Aussage mehr", sinnierte Mandy.
Tja, warum wohl?

Weitere Nachforschungen

Tagelange Ermittlungen brachten aber so gut wie keine
Alibis zu Tage. In dem riesigen Schloss verteilten sich die
dort lebenden und arbeitenden Menschen im Unendlichen.
Keiner wusste etwas von den Bewegungen der anderen.
Jeder machte nur seinen Job und nichts weiter. Das Schloss
und sein Bewohner schienen sich selbst überlebt zu haben.
Kein Gemeinschaftsgefühl, trotz aller Lippenbekenntnisse.
Shirly wünschte sich in ihren Wald zurück. Das Dickicht
des Waldes kam ihr nicht so unheimlich vor, wie die vielen
verlassenen Gänge des Schlosses. Davon abgesehen
interessierte sich bei ihr im Wald jeder für das Tun der
anderen. Im Schloss lebte jeder sein eigenes Leben. Daher
brachten die Untersuchungen des Königs und ihre eigene
nicht das Geringste.

Lähmende Hilflosigkeit

Selbst die sonst so quirligen Mädchen büßten ihren ganzen Elan ein. Beide schlichen nur noch wie die anderen ängstlich durchs Schloss. Voller Angst, hinter jeder Ecke verberge sich der Tod. An einer Holztür hing der königliche Hofjäger, von Jagdspeeren aufgespießt.

„Die Rache der Tiere?", überlegte die Elfe. Verwarf diese Idee aber gleich wieder. Denn dies würde ja die anderen Morde nicht erklären. Doch was steckte nun wirklich dahinter? Konnte denn niemand den Täter stoppen?

Mandy rief: „Du bist Shirly Sherlocklinchen! Die große Detektivin und Autorin! Du musst den Fall endlich klären!"

Das Vertrauen ehrte die Elfe. Sie beschloss, ihre Erfahrungen endlich konsequenter zu nutzen.

Jetzt geht es los!

Shirly sprach später zum Zauberer: „Der Täter muss ein Schlossbewohner sein. Sonst hätte er die kräftigen Männer nicht so einfach töten können."

„Ja", entgegnete Merlin. „Bevor die Männer sich der Gefahr bewusst wurden, starben sie. Doch was soll das Motiv sein? Wer diese Leute nicht leiden konnte, hätte ja an einen anderen Königshof weiterziehen können."

Gemeinsam zerbrachen sich die beiden den Kopf. Es gab nur einen Weg, dem Täter eine Falle zu stellen. Aber wie?

Die Falle

Um den geheimnisvollen Mörder zu fassen, wurde eine besonders raffinierte Falle beschlossen. Merlin sollte in einer Ritterrüstung durch die verlassenen Flure stapfen, wie ein ganz normaler Ritter. Die beiden Mädchen sollten ihm unauffällig in Tarnumhängen folgen und sobald sich der Mörder zeigte, laut Alarm schreien, während Merlin den Mörder in Schach hielt. Woran leider keiner dachte: Der Täter schlich ironisch grinsend den Mädchen nach, in der Hoffnung, sich die eine oder andere schnappen zu können. Zärtlich streichelte er über seinen Dolch, voller genüsslicher Vorfreude. Er fixierte schon Mandy als nächstes Opfer, als ihnen eine Wachpatrouille entgegenkam. Schnell verschwand der Dolchträger in einem Nebengang: „Mist! Kein Spaß wird einem gegönnt", murmelt er verärgert.

Der Brunnen

Als Mittags ein paar Ritter den Eimer am Brunnen heraufziehen wollten, hing am Seil statt des Eimers der Mundschenk.

„Da hört doch der Spaß auf!", riefen alle äußerst empört.

Mit einem toten Koch konnte man ja notfalls leben, aber auf Alkohol wollte niemand verzichten! Wozu war man schließlich Ritter? Diese Tat erwies sich für den Mörder als Fehler. Denn nun wollte jeder den Täter hängen sehen! Merke: Mundschenke erfreuten sich zu allen Zeiten großer Beliebtheit. Letzteres machte den Mord allerdings noch geheimnisvoller. Einem Koch, der angebranntes Essen servierte, trauerte niemand nach. Dem Meister des Weinkellers aber schon. Wer mochte auf dessen alkoholische Gaumenfreuden verzichten? Die beiden Mädchen beobachteten heimlich alle Ritter. Vielleicht erwischten sie ihn eines Tages auf frischer Tat?

Es geht dem Ende zu

Auch Merlin beobachtete nacheinander alle Ritter heimlich. Gerade durch die vielen Geheimgänge, die er kannte, ging das besonders gut. Doch niemand verhielt sich besonders auffällig. Kam der Täter doch von außen? Aber wie sollte das nur möglich sein? Da rutsche einem der Ritter abends aus Versehen ein Zauberstab aus der Schwerthülle. Kein echter Ritter besaß einen Zauberstab! Ein Magier hatte sich also unter die Ritter eingeschlichen! Merlin verfolgte diesen Alarm rufend durch lange Gänge, schließlich einen hohen Turm hinauf. Endlich die Stunde der Wahrheit! Eine Flucht war unmöglich, da von überall her Ritter heraneilten, um den Tod des Mundschenks zu rächen!

Oben auf dem Turm rief Merlin: „Zeige Dein feiges Gesicht!"

Der Ritter lachte ironisch und nahm dem Helm langsam, ganz langsam ab.

Der Täter

Merlin erbleichte. Es war die sehr böse Fee Morgana. Eine der mächtigsten Feen! Kein Wunder kam es zwischen ihren beiden magischen Kraftfeldern zum Kurzschluss.
„Warum hast Du die vielen Morde begangen?", schrie Merlin sie an.
Kalt lächelnd erwiderte die böse Fee: „Du solltest doch wissen, dass jedes Opfer die Macht des Bösen wachsen lässt. Ich werde noch viele Menschen töten, damit ich mit meiner schwarzen Magie mächtiger als Du werde!"
„Du wirst niemand mehr töten!", rief Merlin triumphierend. „Du bist in der Falle!"
Aber die Fee sprang kalt lachend in den Schlossgraben. Die Ritterrüstung zog sie tief auf den Boden des Grabens. Niemand zweifelte daran, dass die Fee dort kläglich ertrank. Ende gut, alles gut? Wir werden es im 5. Band der Fantasy-Krimi Reihe genauer wissen.

Ausklang:

Die Cousinen

Wie sich die Leser meines ersten Fantasy Krimis: „Der geheimnisvolle Tod des Werwolfs" erinnern werden, lebten auf einem magischen Alpaka-Lamahof in der Nähe die Cousinen von Shirly Sherlocklinchen: Die schüchterne Fee Ninvy und die schusslige Hexe Kleckselinchen. Von deren munteren Abenteuern berichtete ich bereits in den zahlreichen Bänden meiner Lama-Alpaka-Reihe. Zum heiteren Abschluss meines zweiten Fantasy Krimis also nun noch die neuesten Abenteuer von diesem ungewöhnlichen Hof. Viel Spaß beim Lesen!

Vorbereitungen für das diesjährige Halloween

Wie wohl dieses Jahr Halloween wird? Wieder so abenteuerlich? Das ist schwer zu sagen. Aber die Vorbereitungen laufen schon seit ein paar Tagen.

Neulich kam die Fee Ninvy ganz aufgelöst ins Hofcafé der Hexe Kleckselinchen: „Ich schaffe es einfach nicht! Es ist viel zu schwer! Wie bringst Du das nur fertig?"

Erstaunt blickte ihre Schwester sie an: „Wovon sprichst Du eigentlich?"

„Na, vom Gesichter in die Kürbisse schnitzen! Es geht einfach nicht. Was soll ich bloß tun?"

„Was soll daran so schwer sein? Es ist doch ganz einfach. Ich komme heute Abend zu Dir und schnitze ein paar schöne Gesichter für Dich. Wenn Du aufmerksam zuschaust, kannst Du es künftig auch."

„Danke, dann bis heute Abend Kleckselinchen."

Abends erschien die Hexe frohgemut. „So, jetzt gib mir mal einen Kürbis! Du wirst sehen, es ist ganz einfach." Ninvy lief in die Speisekammer und kam mit einem Korb voll Gemüse zurück. Entsetzt rief die arme Hexe: „Kein Wunder kannst Du nur schwer Gesichter reinschnitzen! Das sind Tomaten und keine Kürbisse!"

Ninvy erkundigte sich schüchtern: „Gibt es denn da irgendwelche Unterschiede?"

Feen sind nicht gerade als die größten Gärtner bekannt. Sie schweben bekanntlich über den Alltagsdingen. Darum sind sie ja auch Feen und keine Kräuterhexen.

Kalt erwischt

Kleckselinchen schnitzte für Ninvy ein paar gruslige Gesichter in die Kürbisse, schaute diese zufrieden an: „Findest Du nicht auch, dass die Fratzen wie Berta Babbelbergle aussehen?"

„Nein", erwiderte Ninvy entschieden. „Ich finde eher, dass diese Kürbisse dem kleinen Drachen Qualmchen ähneln."

Au, weia! Der arme Drache!

„Morgen Abend komme ich wieder vorbei. Dann bringen wir die Kürbisse in Deinem Garten in Position. Auf der Gartenmauer, an den Bäumen und wo es uns sonst noch so einfällt."

Nach der Arbeit im Hofcafé erschien die Hexe elanvoll. „Lass uns beginnen!" Ninvy zitterte beständig. In ihr Zähneklappern hinein erkundigte sich Kleckselinchen: „Gruselt es Dich so arg?"

„Nein", bekam sie zur Antwort. „Mir ist nur furchtbar kalt!"

„Wie kann jemand in Deinem zarten Alter nur so verfroren sein? Schau mich an, ich friere überhaupt nicht."

„Ja, das sehe ich. Dabei ist es so schrecklich kalt", jammerte Ninvy bibbernd.

„Hexen sind nicht so verhätschelt wie Feen", sprach Kleckselinchen hochtrabend.

Wieder allein zu Hause, zog sie lachend ihre drei Strumpfhosen aus: „Wenn Ninvy das wüsste!"

Der Globus

Der Zauberer Sir Ralphus bewunderte Kleckselinchens Hofcafé. Schön in Holz getäfelt, in Vitrinen die Bücher ihrer Abenteuer und auf Pinwänden ausgewählte Leserbriefe. Einige der Möbel zeigten von Qualmchen leichte Rußspuren oder vom Panda leichte Kratzspuren, wenn er auf die Tische kletterte. Überall hingen schaurige Kürbisfratzen. In einem Eck stand ein großer Globus. Stirnrunzelnd blickte er diesen an, studierte die Namen der zahlreichen Länder.

Kleckselinchen erkundigte sich: „Gefällt Dir der Globus? Suchst Du darauf Deinen nächsten Urlaubsort?"

„Nein", erwiderte Sir Ralphus. „Ich finde diese vielen Länder verwirrend. Ich habe daheim einen besseren Globus. Da sind nur die wirklich wichtigen Orte eingezeichnet, welche eine Reise lohnen."

Neugierige erkundigte sich Kleckselinchen: „Wohin lohnt sich denn Deiner Meinung nach eine Reise? Was ist alles auf Deinem Globus drauf?"

„Ganz einfach", erklärte Sir Ralphus. „Auf meinem Globus sind nur die allerschönsten Reiseziele: Dein Hexenhaus, das Hofcafe, der Alpakastall, der Lamastall und das restliche Hofgelände. Diese Orte sind wichtig, mehr brauche ich nicht um glücklich zu sein."

Ergriffen seufzte die Hexe: „Du bist so herzergreifend rührend! Natürlich hast Du vollkommen Recht."

Ob andere Urlaubsorte das auch so sahen?

Qualmchen meinte dazu: „Pah! Und was ist mit meiner schönen Drachenhöhle?"

Der Drache

Begeistert werkelte der Drache Qualmchen vor sich hin. Er wollte die gruseligen Halloween-Dekorationen aller übertreffen. Das war natürlich nicht einfach, aber einem Drachen ist nichts unmöglich. Zufrieden blickte er sein Werk an: „Einfach schauderhaft, wie aus dem Gesicht geschnitten." Grinsend legte Qualmchen letzte Hand an sein Werk. Da erklang ein Klopfen an der Tür und der Zwergenchef Graubart trat herein.

Erschrocken prallte er von dem grausigen Werk zurück: „Einfach scheußlich! Es sieht aus wie Berta Babbelbergle!"

Enttäuscht sprach Qualmchen: „Eigentlich sollen es Ninvy und Kleckselinchen sein."

Nachdenklich betrachtete der Zwerg die Strohpuppen. Dann gab er zögernd zu: „Stimmt. Vor allem die Strohköpfe sind sehr wahrheitsgetreu. Bei den beiden schaut auch oft das Stroh aus den Ohren heraus."

Ach, die beiden armen Mädchen!

Das Alpaka

Aus Alpakalinles Stall erklang lautes Hämmern und Kichern. Ob das Alpaka wohl auch eine Berta Babbelbergle ähnliche Figur herstellte? Die arme Berta! In das laute Geklopfe trat das Lama Larrylinchen herein. Es betrachtete die lebensgroße Halloweenfigur interessiert. „Sieht aus wie Sir Ralphus im Rollstuhl. Vor allem das viele Haar im Gesicht. Der sollte endlich mal seinen Bart stutzen lassen! Aber sehr gut getroffen! Diese Halloweenfigur kann im Frühjahr auch gleich als Vogelscheuche dienen. Sie wird die armen Vögel zu Tode erschrecken!"

„Es ist zwar haarig wie Sir Ralphus Gesicht, soll aber der Panda sein, der sich im Leiterwagen durch den Hof spazieren fahren lässt, der alte Faulpelz!"

Na, bei dieser Einstellung der Hofbewohner zueinander, kann es dieses Jahr ein sehr ereignisreiches Halloween werden.

Das Kostüm

Alpakalinle besuchte Ninvy und erkundigte sich neugierig: „Als was verkleidest Du Dich an Halloween?"

Prompt kam die Antwort: „Als Hexe!"

„Hm, hm", erwiderte das Alpaka. „Dann musst Du allmählich mit dem Nähen Deines Kostümes beginnen. Denn bis Halloween ist es nicht mehr lange."

Verächtlich erwiderte die Fee: „Das weiß ich. Darum bin ich auch schon lange mit meinem Kostüm fertig."

Gespannt sah sich Alpakalinle um. „Wo hast Du Deine Verkleidung versteckt? In diesem Dreimannzelt dahinten oder unter der großen Picknickdecke?"

Ärgerlich entgegnete Ninvy: „Das ist kein Dreimannzelt, sondern mein selbstgenähter Hexenhut. Und das andere ist keine Picknickdecke, sondern mein dezenter Hexenumhang!"

Das arme Alpaka schluckte, schüttelte tief bedauernd den Kopf und grübelte beim Weitergehen: *Wir wissen ja alle, dass Ninvy äußerst ungeschickt ist. Aber sie ist noch viel chaotischer, als ich dachte. Fast so schlimm wie ihre Schwester Kleckselinchen.*

Das besonders raffinierte Kostüm

Da Alpakalinle schon dabei war schussligen Leute zu besuchen, sah es gleich auch noch bei der Oberschusslerin Kleckselinchen rein. Freudig begrüßte die Hexe das Alpaka mit rudernden Armen. Dabei stieß sie eine Kaffeetasse vom Tisch. Alpakalinle ergriff sofort einen alten, ekligen Wischlappen, um die Kaffeeflecken aufzuwischen.

Entsetzt rief die Hexe: „Halt mein Kostüm! Das brauche ich doch noch für Halloween!"

Verblüfft blickte das Alpaka den speckigen Wischlappen an: „Dein Kostüm? Willst Du etwa als Putzfrau gehen?"

„Natürlich nicht", fauchte Kleckselinchen. „Siehst Du nicht die Ähnlichkeit? Dieser Putzlappen sieht doch wie Sir Ralphus Perücke aus! Ich verkleide mich als Sir Ralphus!"

Alpakalinle seufzte schwer! Was für ein schreckliches Halloween bereitete sich da vor! Ob die anderen auch so merkwürdige Ideen ausbrüteten?

Der alte Zauberer

Im Zauberhaus von Sir Ralphus erblickte Alpakalinle einen sehr aufgeräumten Zauberer. „Hallo! Du kommst gerade rechtzeitig, um das perfekte Halloweenkostüm zu bestaunen! Ich will mich nicht selber loben, aber es ist ideal, genial! Aber wo habe ich es bloß hingetan?" Suchend tappte der Greis umher.

Alpakalinle half bei der Suche: „Ist es vielleicht das? Es sieht ein bisschen wie Qualmchen aus."

Mürrisch zischte Sir Ralphus: „Siehst Du nicht, dass es eines der kleinen Ferkel ist, die zurzeit überall auf dem Hof herumlaufen? Der Hofbesitzer vergaß heute Morgen wieder die Türe vom Schweinestall zu schließen."

„Oink!", gab ihm das kleine Schweinchen recht.

Da stolperte der Zauberer über ein riesiges Buch: „Ah, da ist es ja!" Er nahm das menschengroße Buch, setzte eine dicke Brille auf, nahm eine Schreibfeder in die Hand und las monoton ungeheuer langweilige Texte vor.

Bevor das Alpaka einschlief, zuckte es ihm durch den Kopf: „Aha! Er geht als der Autor Ludwig P. Lesi-Les, der langweiligste Autor aller Zeiten, der mit Einschlafgarantie."

Höllische Höhle

In der Drachenhöhle entdeckte Alpakalinle außer Qualmchen auch den Panda. „Als was gehst Du an Halloween?", erkundigte es sich freundlich.

Der Drache eilte davon, brachte große Berge von Kuchen, welche er zusammen mit dem Panda im Eiltempo aß. Dabei redeten sie pausenlos vor sich hin, bis dem bemitleidenswerten Alpaka der Kopf summte.

„Aha, Ihr geht also als Berta Babbelbergle!", rief das Alpaka, als es panisch aus der Höhle rannte. Dieses endlose Geschnatter hörte sich wirklich wie Berta an. Und die Kuchenberge erinnerten an einen der üblichen kleinen Imbisse der bekannten Diätkochbuchautorin. Was wohl Larrylinchen plante?

Verletzt?

Das Lama stand voller Pflaster und Bandagen auf der Weide. Als es das Alpaka kommen sah, stolperte es mehrmals über die eigenen Füße, lief gegen einen Baum und brabbelte vor sich hin: „Ich bin gar nicht schusslig…" Alpakalinle kargte nicht mit Beifall. Larylinchen traf Kleckselinchen haargenau. Besser konnte niemand die schusslige Hexe parodieren.

„Wo ist Dein Halloweenkostüm?" erkundigte sich das Lama erwartungsvoll.

„Mist!", entfuhr es dem Alpaka. „Das habe ich glatt vergessen!"

Larrylinchen sprach wie vor kurzem Alpakalinle: „Dann musst Du mit dem Nähen Deines Kostümes bald beginnen. Denn bis Halloween ist es nicht mehr lange!"

Tja, darauf gibt es nichts zu sagen. Als was das Alpaka nun zur Halloweenfeier ging und was alles dabei passierte, wird in einem der nächsten Bücher berichtet, sobald sich alle Beteiligten von dem aufregenden Abend erholt haben! Bis dahin das neueste Weihnachtsabenteuer!

Die Einladung

Ninvy wollte Weihnachten mit ihrem Vater Sir Ralphus feiern. Verlegen ging sie errötend in sein magisches Haus. „Vati? Feiern wir dieses Jahr zusammen Weihnachten?"

Sir Ralphus lachte so schallend, dass er sein uraltes Gebiss verlor. Nach einigem Suchen saß es wieder und Sir Ralphus sprach: „Kleine Ninvy! Da hat sich jemand einen Spaß mit Dir erlaubt! Ich kannte im Mittelalter zwar Deine Mutter, aber ich war nur ein armer Hofbewohner. Deshalb hatte ich bei ihr keine Chance. Vier vermögende Unsterbliche umschwärmten sie. Einer davon muss Dein Vater sein. Aber wer, weiß ich leider nicht, da sich Deine Familie in den Kriegswirren in alle Welt verstreute. Damals warst Du noch sehr klein, deswegen weißt Du das alles nicht mehr."

„Und welche vier Unsterblichen könnten mein Vater sein?", wollte die enttäuschte Fee wissen.

„Tja", fuhr Sir Ralphus fort, „seinerzeit lebten im Schloss König Artus, Merlin, der Nikolaus und der Weihnachtsmann. Alle warben um Deine Mutter. Doch wer von ihnen wohl Erfolg hatte? Ich weiß es wie gesagt leider nicht."

Ninvy hörte schon gar nicht mehr zu. Welch phantastische Möglichkeiten ergaben sich da!

Träumereien

Ninvy lief tagelang wie im Traum herum. So schöne Möglichkeiten! Merlin, der mächtigste Magier aller Zeiten! Von ihm könnte sie noch viel beim Zaubern lernen! Aber der Weihnachtsmann wäre als Vater auch toll. Bestimmt bekäme sie dann künftig viel mehr schöne Geschenke zu Weihnachten! Plötzlich verdüsterte sich ihr Gesicht! Was wohl die Weihnachtsfrau dazu sagen würde, plötzlich eine so große Stieftochter zu haben? Beim Junggesellen Nikolaus gäbe es das Problem nicht. Aber der brachte nicht so tolle Geschenke wie der Weihnachtsmann. Also doch lieber dieser? Trotz Weihnachtsfrau? Plötzlich wurde die Fee bleich, sie hatte an etwas Wichtiges nicht gedacht! Wenn ihr Vater König Artus hieß, so gehörte ihr bald ganz England! Als Prinzessin Ninvy begann der Weg zur Krone! Eine Fee als Königin von England! Ninvy kicherte. Doch dann erstarb ihr Optimismus! Ihre Schwester Kleckselinchen würden die Engländer wohl kaum hinnehmen. Wer will sich schon von einer Hexe regieren lassen? So vergingen Ninvys Tagträume. Doch wer war nun ihr Vater? Warum hatte Merlin damals gelogen, als er Sir Ralphus als ihren Vater nannte?

Königin

Als Ninvy weiterhin verträumt herumlief, sprach eines Tages Alpakalinle: „Du bist so geistesabwesend, dass jeder Dich glatt für die Tochter eines Dichters halten würde."

Betroffen erstarrte Ninvy: „Also doch Sir Ralphus?", schoss es ihr durch den Kopf voller Bedauern. Der Greis war Autor und Magier, aber bei weitem nicht so mächtig wie Merlin.

Alpakalinle redete weiter: „Deine Schwester hat oft so etwas königliches an sich. Erstaunlich wie verschieden Ihr seid."

Ninvy überlegte: „Königlich? Also doch König Artus? Aber wie ist es bei Zwillingen mit der Tronfolge? Königin Ninvy von Enlgand? Oder Kleckselinchen Königin von England? Vielleicht wird die nettere zur Königin ernannt, also ich…"

Es darf bezweifelt werden, ob Kleckselinchen sich dieser Meinung anschließen würde. Aber eine Hexe als Königin von England? Könnte sowas bei den Engländern ankommen?

Thronanspruch?

Ninvy vertraute eines Tages ihrer Zwillingsschwester alles an. Diese meinte: „Ganz klar! Bald heißt es Königin Kleckselinchen! Bei Zwillingen entscheidet immer die Schönheit und ich bin mit weitem Abstand die Schönere von uns beiden! Aber ich werde Dich zur Vize-Königin ernennen! Wir müssen uns nur noch überlegen, wie wir unseren Thronanspruch korrekt geltend machen!"

„Aber was ist mit dem jetzigen König?", gab Ninvy zu bedenken.

„Das ist kein Problem", erwiderte Kleckselinchen. „Als Töchter von König Artur sind unsere Thronansprüche viel älter und somit vorrangiger. Davon abgesehen: Viele Engländer würden sich von so uraltem Adel aus Englands allerbester Zeit gerne regieren lassen."

Ninvy zweifelte daran. Doch von diesen speziellen Bedenken abgesehen: Vielleicht waren sie in Wirklichkeit die Töchter von Nikolaus, Weihnachtsmann oder Merlin? Doch wie das herausfinden?

Ninvys Einhorn überlegte: „Hoffentlich lebte der unsterbliche Osterhase nicht auch damals in Camelot. Das gäbe eine böse Überraschung!"

Der Nikolaus

Der Nikolaus flog am 6.12. mit seinem von Alpakas ge-
zogenen Schlitten zu allen Kindern dieser Welt. Völlig ge-
schafft kehrte er am frühen Morgen von seiner jährlichen
Tour zurück. „Nur noch ins Bett fallen", dachte der Er-
schöpfte. Vor seiner Wohnungstür stutzte er. Zwei riesige
Nikolausstiefel standen dort. „Nanu? Wer bringt mir
Nikolausgeschenke? Der Weihnachtsmann?" Neugierig
schaute der Arme in die beiden Nikolausstiefel, aus denen
Ninvy und Kleckselinchen mit einem lauten „hallo Papi"
sprangen. Der arme Junggeselle erbleichte unter seinem
langen Bart. „Papi? Wie soll ich denn plötzlich Vater
sein?", fuhr es dem zutiefst Erschrockenen durch den
Kopf.

„Feiern wir jetzt zusammen Nikolaustag?", erkundigte
sich Ninvy frohgemut.

„Hört mal Ihr beiden, ich bin nicht Euer Vater. Versucht
es am 24.12. lieber mal beim Weihnachtsmann oder jemand
anderem!"

Schmollend gingen seine ungebetenen Gäste, während
sich der geschockte alte Mann einige Alkoholpralinen
gönnen musste. Was für ein Schreck für den Armen!

Der Weihnachtsmann

Erschöpft kehrte der Weihnachtsmann am 24.12. von seiner jährlichen Tournee zurück. „Endlich in Ruhe mit meiner Frau gemütlich am Kamin Weihnachten feiern!", schoss es ihm durch den Kopf. Seine Frau hatte das Wohnzimmer schon gemütlich hergerichtet. Der Weihnachtsmann wollte sich gerade gemütlich setzen, als es an der Tür klingelte. „Nanu? Wer kann das noch sein? Wollen meine Alpakas noch ein Extrafutter?" Murmelnd schlurfte er zur Tür, vor der ihm ein Paketbote zwei riesige Pakete übergab. Was konnte wohl darin sein? Riesentorten? Am Kamin öffnete er die Pakete und entdeckte die beiden Mädchen.

„Hallo Vati! Frohe Weihnachten!"

Die Weihnachtsfrau zischte: „Aha, Hubert! Ich habe mir schon lange überlegt, wo Du Dich wohl am 24.12. immer rumtreibst! Wie heißt sie? So alt wie die Mädchen sind, muss die Beziehung schon lange laufen!"

Errötend stammelte der arme Weihnachtsmann herum, während die Mädchen verlegen dastanden. Vielleicht war der Überraschungsbesuch bei ihrem Vater doch keine so gute Idee gewesen? Zumindest hörte sich die Strafpredigt der Weihnachtsfrau so an. Was nun?

Es klärt sich etwas auf

Irgendwann verwies der Weihnachtsmann seine Frau zur Vernunft: „Frage doch meine völlig abgearbeiteten Alpakas, ob ich am 24.12. Zeit für irgendwelche Affären habe! So ein Blödsinn! Was Euch beide angeht: Wie kommt Ihr bloß auf die dämliche Idee, ich sei Euer Vater? Ihr seid auf Camelot aufgewachsen! Da Sir Ralphus schon damals steinalt war, kommen nur Merlin oder König Artur als Väter in Frage. Ihr seid also die Töchter des mächtigsten Magiers aller Zeiten oder Ihr seid Prinzessinnen! Alter englischer Adel! Ich weiß leider nicht mehr darüber! Im nächsten Weihnachtsbuch solltet Ihr nach Camelot reisen und es herausfinden. Für den heutigen 24.12. ist es schon zu spät für die lange Reise. Ich selber bin sehr gespannt, ob Ihr einst mächtige Magiernachfolgerinnen werdet oder Königinnen? Wer weiß es schon? So oder so: feiert heute mit uns Weihnachten. Wir freuen uns so oder so, mit derartig prominenten Damen feiern zu dürfen. Frohe Weihnachten!"
Diesem Gruß kann ich mich nur anschließen! Ich wünsche den Leser/innen ein wunderbares Weihnachtsfest. Alles Gute und bis zum nächsten Weihnachtsbuch! Es wird sehr spannend in der Lama-Alpaka Reihe! Aber auch in der Fantasy Krimi Reihe, wo sich Merlin noch wesentlich größeren Problemen als bisher gegenüber sehen wird.

Darum erscheinen die Abenteuer von Merlin und vom Lama-Alpakahof dann auch wieder als getrennte Bücher.

Ende der Ermittlungen

Liebe Leser/innen,

für heute enden die spannenden Abenteuer. Da sich aber dort in der Gegend laufend Neues ereignet, wird die Reihe bald fortgesetzt.

Bis dahin alles Gute!

Ihr Ralf Neubohn

Bücher von Ralf Neubohn:

Krimi:

„Mörderisch gut"

„Die Gartenschau-Morde"

Fantasy Krimi:

„Der geheimnisvolle Tod des Werwolfs"

„Merlin und die mysteriösen Morde auf dem Ponyhof"

„Merlin und der unheimliche Hexenjäger"

Tier Krimi:

„Mord auf dem Alpaka- und Lamahof"

Science Fiction Krimi:

„Sam Space"

Lama und Alpaka Reihe:

„Weihnachten mit Alpaka, Lama und der schussligen Hexe"

„Zauberhafte Ferien mit Alpaka und Lama"

„Der magische Hof, der Drache und die schusslige Hexe"

„Magische Stippvisite vom Drachen und der Hexe"

„Hof-Gala für Fee, Einhorn und Kamel"

„Geheimnisvolle Weihnachten mit Hexe, Drache und schüchterner Fee"

„Magische Reisen mit schussliger Hexe und schüchterner Fee"

„Weihnachtszauber im magisch-chaotischen Hofcafé der Hexe"

Alpaka Reihe:

„Die Alpakas vom Nikolaus"

„Der Nikolaus und sein Alpaka auf Tournee"

„Applaus für Alpaka und Osterhase"

„Das Comeback des geheimnisvollen Alpakas"

„Premieren-Abend mit Alpaka und Phönix"

„Halloween, Drache und Alpaka im Scheinwerferlicht"

„Das magische Alpaka und der Drache"

Gedichte

„Hier und Jetzt"

„Frisch gewagt"

Gedichte und Kurzgeschichten

„Die zauberhaften Altbohns"

Bücher mit schwarzen Humor Gedichten

„Die Gartenschau-Morde"

„Tod auf dem Kaktus"

„Neues vom 1. April"

Gartenschau Trilogie

„Flammenfeder live von der Gartenschau"

„Gartenschau Phantasie"

„Herzlich willkommen Gartenschau"

„Galaabend für die Gartenschau"

„Abschiedsvorstellung für die Gartenschau"

„Die Gartenschau-Morde"

„Tod auf dem Kaktus"

„Neues vom 1. April"

„Gartenschau Magie"

„Die Gartenschau im Rampenlicht"

Heiteres aus dem Autorenleben

„Im Tal der Autoren"

„Alle Autoren an Bord"

„Terry ein Schotte in Schwaben"

„Die zauberhaften Altbohns"

Fantasy

„Premieren-Abend mit Alpaka und Phönix"

„Halloween, Drache und Alpaka im Scheinwerferlicht"

„Das magische Alpaka und der Drache"

„Weihnachten mit Alpaka, Lama und der schussligen Hexe"

„Der magische Hof, der Drache und die schusslige Hexe"

„Magische Stippvisite vom Drachen und der Hexe"

„Hof-Gala für Fee, Einhorn und Kamel"

„Geheimnisvolle Weihnachten mit Hexe, Drache und schüchterner Fee"

„Magische Reisen mit schussliger Hexe und schüchterner Fee"

„Weihnachtszauber im magisch-chaotischen Hofcafé der Hexe"

„Der geheimnisvolle Tod des Werwolfs"

„Merlin und die mysteriösen Morde auf dem Ponyhof"

„Merlin und der unheimliche Hexenjäger"

Jahresfeste

„Weihnachten mit dem literarischen Kleeblatt"

„Auf der Suche nach dem verlorenen Osterei"

„Weihnachten und Silvester mit Flammenfeder"

„Vorhang auf für Nikolaus, Weihnachten und Ferien"

„Bühne frei für Fasching und Halloween"

„Die Alpakas vom Nikolaus"

„Die Bettsocken vom Weihnachtsmann"

„Silvester und Weihnachtsmarkt geben sich die Ehre"

„Der Nikolaus und sein Alpaka auf Tournee"

„Applaus für Alpaka und Osterhase"

„Halloween, Drache und Alpaka im Scheinwerferlicht"

„Das Comeback des geheimnisvollen Alpakas"

„Weihnachten mit Alpaka, Lama und der schussligen Hexe"

„Geheimnisvolle Weihnachten mit Hexe, Drache und schüchterner Fee"

„Weihnachtszauber im magisch-chaotischen Hofcafé der Hexe"

Nachwort

Liebe Leser,

Sie sind nun an das Ende meines kleinen Büchleins gekommen. Ich hoffe, Sie gut und abwechslungsreich unterhalten zu haben.

Falls Sie beim Lesen auf den Geschmack gekommen sind, so gibt es von mir viele weitere schöne Bücher zum selber Genießen oder als originelles Geschenk für andere. Etwa zu Ostern, Weihnachten und Geburtstagen.

Mit freundlichen Grüßen und hoffentlich bis bald!

Ihr Ralf Neubohn

Die Bewohner des Finsterklammwaldes sind entsetzt: Ausgerechnet unter ihrer besonders magischen Zaubereiche schlägt ein Mörder immer wieder zu. Woher kommt er? Warum ermordet der Täter die magischen Wesen des Finsterklammwaldes? Selbst die mächtigsten Finsterklammwaldbewohner fallen dem geheimnisvollen Mörder zum Opfer. Haben da ausgerechnet die schüchterne Elfe Shirly Sherlocklinchen und der trottelige Troll Rufus Rumpelfuss eine Chance, den Fall zu lösen oder fallen auch sie dem mysteriösen Mörder zum Opfer?

Beim Treffen der FantasyKrimiAutoren schlägt ebenfalls ein Mörder zu und tötet seine Opfer auf besonders ausgefallene Art. Ist der Täter ein Insider?